AF410920

MOYEN ABRÉGÉ

D'APPRENDRE ET DE RETENIR

LES VERS FRANÇAIS.

MOYEN ABRÉGÉ

D'APPRENDRE ET DE RETENIR

LES VERS FRANÇAIS,

APPLIQUÉ A TROIS POËMES CHOISIS.

Par M. BR... Instituteur.

Prix, broché, 90 centimes, et 1 fr. franc de port dans les Départemens.

A PARIS,

Chez SUROSNE, Libraire, Palais du Tribunat, deuxième galerie de bois, n° 253.

AN XII = 1804.

INTRODUCTION.

Un habile maître, pour former et meubler utilement la mémoire de ses Élèves, leur faisait apprendre, entr'autres choses, l'Art poétique et le Lutrin de Boileau avec la Henriade de Voltaire. La tâche était forte, et il remarquait que les enfans avaient encore plus de peine à retenir une aussi grande quantité de vers qu'à les apprendre. En suivant cette pratique, j'ai fait constamment la même observation. Occupé des moyens de faciliter et d'abréger ce travail, j'en trouvai, l'an ix, un très-simple et très-efficace, celui d'écrire toutes les rimes finales. On sait combien la rime nous aide à apprendre, et sur-tout à retenir les vers. J'ai vu nombre d'étudians réciter presque sans faute, à l'inspection des rimes, les trois Poëmes dont je parle, un mois après les avoir appris : qu'ils les récitent ainsi tous les mois pendant un an, ils les sauront solidement, et la vue de ces mêmes rimes les leur rappellera encore dans dix ans. C'est ainsi qu'un de mes amis faisait en Allemagne apprendre et retenir toute la Messiade de Klopstock. Le désir de me rendre utile m'a déterminé à donner enfin au Public ce moyen abrégé ; moyen, au reste, que tous les maîtres, s'ils en avaient fait la recherche, eussent trouvé tout aussi bien que moi.

Deux mots qui riment ne sont séparés par aucune ponctuation ; et les rimes sont, de deux en deux, séparées par deux points.

L'ART POÉTIQUE

DE BOILEAU.

CHANT PREMIER.

Auteur hauteur : secrète poète : captif rétif
Périlleuse épineuse : consumer rimer : amorces forces
Excellens talens : flamme épigramme : exploits bois
Aime soi-même : Faret cabaret : insolente triomphante
Déserts mers : sublime rime : haïr obéir
Évertue habitue : fléchit enrichit : rebelle elle
Écrits prix : insensée pensée : monstrueux eux
Italie folie : parvenir tenir : noie voie
Objet sujet : face terrasse : corridor or
Ovales astragales : fin jardin : stérile inutile
Rebutant instant : écrire pire : dur obscur
Nue nue : amours diseours : uniforme endorme
Ennuyer psalmodier : légère sévère : lecteurs acheteurs
Bassesse noblesse : effronté nouveauté : triviales halles
Freiu Tabarin : provinces princes : approbateurs lecteurs
Désabusée aisée : bouffon Typhon : ouvrage badinage
Pont-Neuf Brébeuf : rives *plaintives* : art fard
Plaire sévère : mots repos : hâtée heurtée
Harmonieux odieux : pensée blessée : françois lois
Mesure césure : grossiers romanciers : ballades mascarades
Rondeaux nouveaux : méthode mode : destin latin
Grotesque pédantesque : haut Bertaut : France cadence
Pouvoir devoir : réparée épurée : tomber enjamber
Fidèle modèle : pureté clarté : entendre détendre
Détacher chercher : pensées embarrassées : percer penser
Obscure pure : clairement aisément : révérée sacrée
Mélodieux vicieux : barbarisme solécisme : divin écrivain

Presse vîtesse : rimant jugement : arène promène
Orageux fangeux : courage ouvrage : repolissez effacez
Fourmillent pétillent : lieu milieu : assorties parties
Écartant éclatant : publique critique : admirer censurer
Sincères adversaires : auteur flatteur : joue loue
Récrier extasier : blesse tendresse : fastueux impétueux
Inflexible paisible : négligés arrangés : emphase phrase
Obscurcir éclaircir : véritable intraitable : intéressé offensé
Basse grace : froid endroit : admire dédire
Blesser effacer : critique despotique : flatter réciter
Muse abuse : auteurs admirateurs : province prince
Courtisans partisans : satire admire.

CHANT II.

FÊTE tête : diamans ornemens : style idylle
Fastueux présomptueux : éveille oreille : abois hautbois
Indiscrette trompette : roseaux eaux : langage village
Agrément tristement : *rustiques* gothiques : son Toinon
Difficile Virgile : dictés feuilletés : apprendre descendre
Vergers bergers : amorce écorce : quelquefois bois
Grace audace : deuil cercueil : tristesse maîtresse
Heureux amoureux : forcée glacée : rassis transis
Vaines chaînes : prison raison : ridicule Tibulle
Sons leçons : élégie énergie : ambitieux dieux
Barrière carrière : Simoïs Louis : ouvrage rivage
Ris Iris : *caprice ravisse :* hasard art
Phlegmatique didactique : éclatans tems : vue rendue
Mézeray Courtray : avare bizarre : françois lois
Pareille oreille : rangés partagés : licence cadence
Entrer remontrer : suprême poëme : arriver trouver
Malleville mille : Pelletier épicier : prescrite petite
Borné orné : ignorées attirées : agrément avidement
Audace Parnasse : enveloppé frappé : délices caprices
Parer soupirer : nouvelles belles : divers vers
Style évangile : yeux sérieux : infâme épigramme
Propos mots : cessèrent restèrent : infortunés surannés

Fine badine : succès excès : frivole folle
Beauté naïveté : maximes rimes : tour amour
Médire satire : voir miroir : altière litière
Enjoûment impunément : censure mesure : pressans sens
École hyperbole : vérités beautés : Caprée adorée
Sénateurs adulateurs : latine Messaline : yeux ingénieux
Modèles nouvelles : lecteur auteur : cyniques pudiques
Honnêteté respecté : outrage image : candeur pudeur
Fertile vaudeville : chant marchant : déploie joie
Dangereux affreux : élève Grève : art hasard
Grossière Linière : rimer enfumer : chansonnette poète
Sonnet net : furies rêveries : recueil Nanteuil.

CHANT III.

O D I E U X yeux : agréable aimable : pleurs douleurs
Alarmes larmes : épris prix : ouvrages suffrages
Regardés redemandés : émue remue : fureur *terreur*
Charmante savante : attiédir applaudir : rhétorique critique
Toucher attacher : préparée entrée : exprimer informer
Intrigue fatigue : nom Agamemnon : merveilles oreilles
Expliqué marqué : Pyrénées années : grossier dernier
Engage ménage : accompli rempli : incroyable vraisemblable
Appas pas : expose chose : judicieux yeux
Scène peine : frappé enveloppé : connue imprévue
Naissant dansant : louanges vendanges : esprits prix
Lie folie : tombereau nouveau : personnages visages
Exhaussé chaussé : génie harmonie : action expression
Divine latine : abhorré ignoré : grossière première
Simplicité piété : ignorance imprudence : mission Ilion
Antique musique : sentimens romans : peinture sûre
Amoureux doucereux : Philène Artamène : combattu vertu
Petitesses foiblesses : prompt affront : peinture nature
Tracé intéressé : austère caractère : mœurs humeurs
Clélie Italie : portrait damcret : excuse amuse
Saison raison : gardée idée : d'accord d'abord
Aime soi-même : gascon ton : sage langage

Altiers fiers : désolée ampoulée : pays Tanaïs
Frivoles paroles : abaissiez pleuriez : bouche touche
Pointilleux périlleux : conquêtes prêtes : ignorant entrant
Replie humilie : fécond profond : réveille merveille
Retenir souvenir : explique épique : action fiction
Usage visage : divinité beauté : tonnerre terre
Matelots flots : retentisse Narcisse : fictions inventions
Choses écloses : écartés emportés : commune fortune
Aversion Ilion : Italie Éolie : mer air
Arrache attache : langueur vigueur : timide insipide
Déçus reçus : prophètes poètes : enfer lucifer
Terribles susceptibles : côtés mérités : coupable fable
Yeux cieux : gloire victoire : succès procès
Publie Italie : oraison raison : maîtresse tristesse
Chrétien païen : peinture figure : eaux ciseaux
Barque monarque : sottement agrément : prudence balance
Airain main : idolâtrie allégorie : erreur terreur
Songes mensonges : divers vers : Idoménée Énée
Ignorant Childebrand : bizarre barbare : lasser intéresser
Magnifique héroïque : ouïs Louis : frère vulgaire.
Chargé ménagé : entière matière : narrations descriptions
Élégance circonstance : mers entr'ouverts : maîtres fenêtres
Revient tient : vue étendue : affecté monté
Tonnerre *terre :* cris souris : adresse promesse
Harmonieux *pieux : Ausonie Lavinie :* feu peu
Miracles oracles : torrens errans : ouvrage image
Plaisant pesant : comiques mélancoliques : affront front
Nature ceinture : trésor or : grace lasse
Discours détours : méthodique explique : aisément événement
Sincère plaire : suit produit : ouvrage apprentissage
Art hasard : chimérique héroïque : vagabonds bonds
Lecture nourriture : mépriser désabuser : génie dénie
Invention fiction : rebelle appelle : retour jour
Lumière poussière : repos propos : tragique antique
Plaisans méprisans : joie proie : avoué joué
Nuées huées : cours secours : sages visages
Fureur aigreur : reprendre Ménandre : miroir voir
Fidèle modèle : exprimé formé : unique comique
Profond fond : avare bizarre : étaler parler

Naïves vives : portraits traits : paroître connoître
Humeurs mœurs : caprices vices : désirs plaisirs
Sage ménage : maintenir avenir : amasse entasse
Glacé passé : abuse refuse : hasard vieillard
Ville fertile : écrits prix : peintures figures
Fin Tabarin : enveloppe misanthrope : pleurs douleurs
Place populace : noblement aisément : guide vuide
Propos mots : maniées liées : plaisanter écarter
Térence imprudence : leçons chansons : semblable véritable
Auteur spectateur : choque équivoque : saleté monté
Fades mascarades.

CHANT IV.

MÉDECIN assassin : misère père : empoisonné séné
Pleurésie phrénésie : détesté resté : structure architecture
Art Mansard : face place : façon maçon
Corrige prodige : inhumain main : suspecte architecte
Excellent talent : nécessaire vulgaire : différens rangs
Écrire pire : auteur lecteur : Ménardière la Morlière
Égayer ennuyer : audace glace : flatteurs admirateurs
Merveille oreille : montrant pénétrant : tragique boutique
Consultant important : inspire lire : furieux harmonieux
Salue rue : respecté sûreté : censure murmure
Reprend ignorant : pièce hardiesse : raisonnemens jugemens
Dépourvue vue : croyez noyez : salutaire éclaire
Chercher cacher : ridicules scrupules : heureux vigoureux
Prescrites limites : rarement sottement : ville Virgile
Instructions fictions : fertile utile : amusement divertissement
Ouvrages images : auteurs déserteurs : coupable aimable
Esprits écrits : scène Chimène : chastement mouvement
Charmes larmes : innocens sens : flamme ame
Vigueur cœur : jalousies phrénésies : infecté médiocrité
Rivale cabale : hausser rabaisser : intrigues brigues
Emploi foi : livre vivre : gain écrivain
Crime légitime : renommés affamés : libraire mercenaire
Voix lois : nature pâture : équité impunité

Adresse rudesse : épars remparts : insolence innocence
Vers univers : Thrace audace : mouvoient élevoient
Miracles oracles : horreur fureur : âges courages
Leçons moissons : tracée annoncée : vainqueurs cœurs
Révérées honorées : mortels autels : bassesse noblesse
Esprits écrits : frivoles paroles : bas appas
Permesse richesse : guerriers lauriers : affamée fumée
Importun à jeun : promenades Ménades : Colletet sonnet
Disgrace Parnasse : arts regards : prévoyance indigence
Nourrissons leçons : audace Horace : nouveaux tableaux
Belles ruelles : forêts traits : Énéide Alcide
Exploits bois : orage naufrage : enterrés éclairés
Nouvelle appelle : ployé foudroyé : ligues digues
Arrêter éviter : forcées amassées : transports efforts
Satire lyre : glorieux yeux : Parnasse Horace
Esprits prix : zèle fidèle : faux défauts
Nécessaire faire.

LE LUTRIN.

CHANT PREMIER.

TERRIBLE invincible : cœur chœur : titre chapitre
Altier entier : vengeance intelligence : rivaux dévots
Entremise église : projet sujet : fraternelle chapelle
Santé oisiveté : hermines matines : lieu Dieu
Crimes Minimes : paix palais : empire admire
Mans Normands : comtesse noblesse : épars étendards
Immobile tranquille : procès accès : offense vengeance
Odieux yeux : vitres chapitres : Célestins Augustins
Rebelle éternelle : mortels autels : énorme guerrier
Forme trésorier : enfoncée amassée : contour jour
Silence indolence : déjeuner dîner : visage étage
Grosseur épaisseur : mise église : repos mots
Place audace : processions bénédictions : titre mitre
Attaché évêché : profane chicane : émotion bénédiction
Furie vie : tourmens mugissemens : épouvante servante
Vigueur chœur : fidelle rappelle : sonner dîner
Caprice office : éclat prélat : inutile vigile
Bien rien : sage potage : respect aspect
Farouche bouche : fureur terreur : éperdues grues
Efforts bords : agréable table : ton jambon
Troupe coupe : imitant instant : abreuvée levée
Malheur douleur : fatigues ligues : insensé encensé
Outrage ouvrage : moi loi : mensonge songe
Travaux *benedicat vos :* armes larmes : discours cours
Gloire boire : chemin main : âges usages
Marguillier chevecier : défaillance avance : douleurs pleurs
Empire inspire : orgueilleux sourcilleux : clôture structure
Contour alentour : antre chantre : radieux yeux
Machine ruine : destin matin : partie sacristie
Enseveli oubli : tranquille ville : bruit nuit
Masse place : renverser terrasser : autorise église

Vigueur chœur : usage partage : croissant cent
Extrême lui-même : esprits cris : choisisse office
Emploi loi : élire écrire : tracés entassés
Artifice novice : candeur pudeur : nue remue
Brontin destin : augure murmure : jour amour
Crinière perruquière : charmant sacrement : assemblage mariage
Quartier altier : grasse ressasse : trois porte-croix
Maître paroître : couleur pâleur : guerrière arrière
Humains mains : foule écoule : dépit assoupit.

CHANT II.

MERVEILLES oreilles : climats pas : courrière perruquière
Conduit nuit : désolée échevelée : céler dissimuler
Donnée hyménée : périr courir : fidèle nouvelle
Langueur longueur : entreprise église : fuis nuits
Larmes charmes : désirs plaisirs : caresses promesses
Part départ : enflammée pâmée : éperdu suspendu
Première fière : bienfaits souhaits : Loire mémoire
Foi loi : destinée hyménée : prétendus défendus
Titre pupitre : désirs soupirs : appelle querelle
Douleurs pleurs : effarée égarée : fois voix
Visage étage : bruit suit : épandues rues
Chapelains pleins : éveille bouteille : prévoir pourvoir
Rude Boirude : chaleur valeur : sombre ombre
Yeux lieux : alégresse paresse : attend écoutant
Poignée coignée : poids carquois : tête apprête
Nouveau marteau : altière lumière : yeux cieux
Déesse mollesse : séjour à l'entour : chanoines moines
Dévots pavots : redouble trouble : envelopper frapper
Nouvelle chapelle : paix épais : accroître paroître
Mutins destins : achève relève : voix fois
Terre guerre : temps fainéans : honte comte
Cour jour : plaines haleines : lent indolent
Impitoyable infatigable : voix exploits : audace glace
Frémir endormir : gloire victoire : cours jours
Exile asyle : effroi moi : ennoblie établie

Travaux Clairvaux : chapelle fidelle : renverser chasser
Sombre ombre : amour jour : oppressée glacée
Effort endort.

CHANT III.

Affreuses vineuses : retour tour : vue nue
Ennuyeux yeux : funèbres ténèbres : retiré assuré
Fidèle nouvelle : odieux lieux : envoie joie
Frémit gémit : alégresse maîtresse : précipité cité
Favorise église : clocher marcher : légère fougère
Jus Bacchus : abusée aisée : nuit suit
Sacrée entrée : fatal animal : audace place
Sacrés degrés : portique boutique : dépôt Haynaut
Approche poche : instant sortant : enflammée allumée
Conduit nuit : Boirude solitude : terreur horreur
Enorme forme : précieux yeux : temple contemple
Ebranler rouler : incroyable effroyable : pâlit lit
S'obstine machine : menaçant frémissant : poussière lumière
Confondus éperdus : affoiblissent hérissent : nuit s'enfuit
Asyle indocile : assidu défendu : effrayante présente
Déserté redouté : disgrace menace : glacés dispersés
Image visage : corps ressorts : cassée terrassée
Abat combat : audace grimace : nouveau barreau
Audience présence : solliciteur rapporteur : titre chapitre
Hagards regards : passages courages : appui lui
Ruines divines : vertus abattus : gloire victoire
Insolent parlant : murmure injure : réservés servez
Etincelle appelle : prompt affront : guerrière lumière
Intrépidité divinité : célèbre Ebre : poussés renversés
Fugitives craintives : belliqueux eux : crainte éteinte
Raffermi ennemi : emportée remontée : relâchés rapprochés
Retentissent mugissent : gémissement moment : alarmes larmes
Réveil appareil : masse place : nouveau marteau
Enclavée élevée : rabot pivot.

CHANT IV.

ARGENTINES matines : effrayant criant : douloureuse oiseuse
Premier officier : commise église : sommeil soleil
Vulgaires salaires : horreur terreur : plaintes craintes
Gracieux yeux : fumée accoutumée : impuissans encens
Sacristie sortie : éclat prélat : mitre pupitre
Crins lutrins : s'avance s'élance : fureur horreur
Funeste reste : peur vapeur : raillerie furie
Habits tabis : moire gloire : autrefois doigts
Grise église : langueur chœur : mouille grenouille
Pinceau seau : sauvage rage : sang banc
Immobile tranquille : sanglots mots : épouvantable véritable
Egorger ombrager : envieuse ingénieuse : draps pas
Masse place : lieu Dieu : obscurcisse office
Superflus plus : tranquille inutile : exhaussé placé
Vivre délivre : brisés divisés : affermie ennemie
Hasard Girard : expérience science : affront prompt
Machine ruine : assemblé accablé : pupitre chapitre
Hurlemens dormans : glace audace : engager exiger
Rues avenues : étendus assidus : inaccessibles paisibles
Attacher arracher : plaire faire : trompeur peur
Bénissante tremblante : genoux vous : fidèle cresselle
Aujourd'hui lui : sacrée tirée : efforts ressorts
Infernale salle : nuit bruit : sommeillent éveillent
Toits fois : funèbres ténèbres : sonné dîné.
Murailles Versailles : nouveaux drapeaux : étonnante épouvante
Foudroyer noyer : presse enchanteresse : inquiétant attend
Vigilance diligence : pressant naissant : attente dolente
Malheur douleur : incapable table : répond profond
Homme Somme : Raconis A-Kempis : Canoniste Janséniste
Hier Garnier : détruire séduire : Augustin lutrin
Plume volume : signalé parlé : encore aurore
Enseveli Abéli : étonne frissonne : nouveau cerveau
Vivre livre : Alcoran an : hypothèque bibliothèque
Rabaisser renverser : approuve trouve : apprêts frais

Visage courage : rassuré duré : vengeance abstinence
Déjeuner dîner : fidelle zèle : audacieux yeux
Consulte tumulte : vain main : succombe tombe
Gélons aquilons : usées brisées : arrachés cachés.

CHANT V.

Troublée assemblée : confus vus : fidèle nouvelle
Succès procès : courage l'âge : bruit nuit
Insolence s'élance : apporté humecté : apprête tête
Morceaux fuseaux : porte cohorte : vigueur chœur
Inutile Sibylle : consulter dicter : domine s'achemine
Frémir gémir ; grand'salle infernale : respecté fréquenté
Pratique étique : odieux yeux : famine ruine
Raffinemens gémissemens : coutume consume : entiers papiers
Insolence balance : détour jour : superbe herbe
Rois lois : accourcies noircies : remparts parts
Salue vue : savoir pouvoir : moissonne automne
Mortels autels : dernière prière : offensé redressé
Fatale dédale : amis Thémis : même blême
Oppresser repousser : insensée replacée : sort accord
Écumante tourmente : plaider céder : requête apprête
Disparoît décroît : table indomptable : excité pâté
Allumée renommée : éperdu rendu : bile Sibylle
Déserté emporté : oblique antique : écrits prix
Place audace : tumultueux tortueux : passage envisage
Esprits épris : superbe herbe : furieux yeux
Boirude inquiétude : irrité écarté : épouvantable effroyable
Estomac Sidrac : Artamène haleine : empressé blessé
S'élancent s'avancent : fatal signal : mêle grêle
Impétueux fructueux : rencontre la Montre : relié oublié
Boutique gothique : jetés côtés : à terre La Serre
Ignorés tirés : Simandre Coloandre : Gaillerbois fois
Meurtrissure blessure : renversé blessé : amère chère
Étourdi affadi : Garague Charlemagne : prodigieux yeux
Fatale signale : Fabri nourri : visage usage
Grasset fausset ; insipide timide : chemins voisins

Bélante Xante : tours discours : bannière arrière
Prélat éclat : redoutable favorable : hautain main
Ouvrage courage : yeux audacieux : tempête tête
Embrasé rusé : novice mollisse : *Infortiat* Alciat
Écriture couverture : noir fermoir : Avicène peine
Effort demi-mort : tonnerre terre : déchirés degrés
Imprévue nue : combats pas : prouesse vengeresse
Allongés rangés : surprendre attendre : courroux genoux
Orage courage : fuit suit : réchappe rattrape
Retiré sacré : adroite droite : fortuné consterné
Mortelle rebelle : aspect respect : gloire victoire
Punis bénis.

CHANT VI.

Sacrée retirée : cris Paris : divine chemine
Conduit suit : sainte plainte : autels mortels
Salutaires misères : lois voix : avares tiares
Furieux yeux : empire martyre : moi loi
Amorce force : frémir gémir : divines épines
Mortels autels : orages courages : ralentit appesantît
Haire faire : parvenu revenu : carrosse crosse
Humilité vanité : détruite introduite : arsenaux tribunaux
Prières bannières : docteurs imposteurs : maximes crimes
Charité nouveauté : malice vice : attentats frimats
Glace place : déserts airs : fidelle nouvelle
Rois exploits : largesse mollesse : devoir pouvoir
Noire gloire : vœux honteux : éclate flatte
Audacieux cieux : enflammée allumée : secours discours
Secourables misérables : douleurs malheurs : ralentie bâtie
Frémissemens fondemens : querelles fidèles : opprimer calmer
Désirée assurée : soupirs désirs : miracles oracles
Révéré entouré : honorable incomparable : choix lois
Affermie ennemie : imposteur tuteur : image ouvrage
Ans présens : sucées pensées : feu désaveu
Paroître cloître : nom maison : famille fille
Pénétrer montrer : charmée calmée : yeux lieux

Courage outrage : envenimés renommés : insulte tumulte
Horreur fureur : prière lumière : éclat prélat
Timide guide : travaux rivaux : ouvrage âge
Puissant obéissant : chapitre pupitre : content à l'instant
Merveilles veilles : fiction Ilion : inspire décrire
Éperdu confondu : illustre lustre : nouveau barreau
Présence éloquence : décoloré égaré : affreuses honteuses
Orateurs spectateurs.

LA HENRIADE.

CHANT PREMIER.

France naissance : gouverner pardonner : Ibère père
Vérité clarté : entendre apprendre : nations divisions
Provinces princes : autrefois voix : altière lumière
Marcher cacher : incertaines rênes : confondus plus
Gloire victoire : progrès regrets : suprêmes diadêmes
Premier guerrier : mollesse faiblesse : d'Épernon nom
Politiques léthargiques : bonheur grandeur : fatale rivale
Grands tyrans : abandonnèrent chassèrent : accourut parut
Guerrière lumière : pas combats : avancèrent tremblèrent
Revers ouverts : inhumaine Mayenne : tours secours
Inflexible terrible : desseins mains : déchire inspire
Fleuris Paris : pure nature : combats soldats
France vengeance : commis unis : soumise église
Immortels paternels : race audace : honorer éclairer
Suprême lui-même : appui lui : victoire gloire
Remparts hasards : carnage rage : discours cours
Humilie ennemie : séditieux deux : maître être
Sang rang : future exclure : courroux vous
Guerre tonnerre : foi moi : pertes désertes
Outrager étranger : reine haine : réunis Paris
Flétrie patrie : odieux yeux : ministère ordinaire
Voix rois : renommée armée : ennemis amis
Gloire victoire : douleur cœur : intrigue ligue
Desseins mains : rivage courage : dessein destin
Criminelle elle : appui lui : campagne accompagne
Flatteur erreur : prudence France : aimé estimé
Mugissante blanchissante : port bord : ondes profondes
Airs mers : terre Angleterre : obscurcit mugit
Émues nues : flots matelots : furie patrie
Desseins destins : Épire empire : mutins Romains
Neptune fortune : univers mers : profonde monde

Cieux yeux : orages rivages : flots héros
Tranquille asyle : flots repos : structure nature
Cour séjour : inquiétude étude : jours amours
Fontaines humaines : souhaits à jamais : vieillesse sagesse
Divins destins : connaître champêtre : accoutumé charmé
Lui-même diadême : chrétien entretien : inébranlable redoutable
Cieux yeux : sacrée entourée : appui lui
Maître être : desseins humains : France naissance
Murs obscurs : poussière altière : mortels autels
Obscure injure : jours toujours : être naître
Eux factieux : terre guerre : éternel mortel
Connaître être : combats pas : victoire gloire
Esprits Paris : faiblesse enchanteresse : jour amour
Suprême vous-même : jamais bienfaits : misères pères
Lui appui : flamme ame : bienheureux eux
Miracles oracles : vertueux yeux : aurore encore
Touché caché : sage partage : Seigneur cœur
Appaisèrent calmèrent : Bourbon Albion
Admire empire : lois rois : périrent descendirent
Destins humains : prudence balance : indompté liberté
Pertes couvertes : vaisseaux eaux : Neptune fortune
Arts Mars : ensemble rassemble : roi loi
Invincible terrible : devoir pouvoir : politique publique
Français paix : terre guerre : horreur bonheur
Immense abondance : tour séjour : reine vaine
Épris mépris : éloquence France : cœur grandeur
Surprise Tamise : protecteur persécuteur : aurore encore
Valois fois : haines chaînes : foi moi
Feinte crainte : danger venger : guerre Angleterre
Droits rois : impatience France : enchaînement changement
Renommée informée : légèreté vérité : fidèles querelles
Appui lui : extrême vous-même : exploits rois
Mémoire histoire : douleurs horreurs : raconte honte -
Souvenir obéir : adresse faiblesse : cœur ambassadeur.

CHANT II.

Livrée sacrée : inhumain main : Rome nomme
Fureur erreur : plonge mensonge : également aveuglement
Défense vengeance : pouvoir encensoir : politique despotique
Mortels autels : guides homicides : loi moi
Scrupule crédule : cieux furieux : cruelle zèle
Combats pas : ose cause : religion soumission
Prévoyance naissance : formé calmé : florissantes différentes
Récits Médicis : ingénue connue : replis fils
Naître connaître : jours cours : tutelle elle
Confusion division : prudence France : ennemis amis
Ambitieuse superstitieuse : plus vertus : franchise comprise
Appas États : sommes grands hommes : imprévu descendu
Caprices vices : roi loi : puissance enfance
Flambeau nouveau : rivales fatales : exploits rois
Guerrière carrière : assassiné enchaîné : reine incertaine
Malheurs persécuteurs : frère père : guerriers lauriers
Indolence enfance : inhumain assassin : furie vie
Bras trépas : faiblesse jeunesse : successeur défenseur
Avoue loue : exploits dois : courage apprentissage
Héros travaux : commune fortune : respecté redouté
Retraites défaites : été prospérité : pertes couvertes
Détruit fruit : inutiles civiles : attraits paix
Atteste funeste : humains chemins : fidèle elle
Occasion union : défiance assurance : pas bras
Mère sincère : désormais bienfaits : espérance apparence
Long-temps présens : craindre feindre : Médicis fils
Facile docile : excité profité : mystère frère
Fatal signal : colère mère : pas trépas
Légitimes crimes : pleurs douleurs : arrivée réservée
Bruit nuit : courrière lumière : repos pavots
Épouvantable agréable : côtés précipités : armes alarmes
Étouffés échauffés : personne ordonne : Coligny Téligny
Fille famille : soldats bras : défense vengeance
Vécu vertu : cohorte porte : yeux majestueux
Courage carnage : aspect respect : rage ouvrage

Blancs ans : pardonne abandonne : vous genoux
Armes larmes : entouré adoré : victime crime
Coups tous : inflexible inaccessible : Médicis surpris
Rapide intrépide : furieux yeux : visage courage
Sort mort : sépulture pâture : Médicis fils
Indifférence vengeance : sens présens : ravages images
Horreurs fureurs : effrénées acharnées : étincelans sanglans
Colère père : main inhumain : crimes victimes
Cris Paris : père mère : embrasés écrasés
Attendre comprendre : croirez altérés : sanguinaires frères
Innocens encens : périrent descendirent : Lavardin destin
Cruelle éternelle : condamnés infortunés : peine traîne
Odieux deux : tempête fête : curieux yeux
Fatales triomphales : maux bourreaux : égarées sacrées
Aujourd'hui appui : frère colère : inhumain main
Jeunesse faiblesse : morts efforts : aventure future
Ans enfans : père colère : poignard hasard
Destinées années : trompé frappé : défense enfance
Mourant expirant : barbarie vie : momens sermens
Armes charmes : sommeil réveil : domestiques portiques
Envisager égorger : avancèrent levèrent : sort mort
Maîtres traîtres : courroux doux : orage otage
Revers fers : envie vie : suivit récit
Barbarie partie : fatal signal : résistance France
Obéi servi : ensanglantées épouvantées.

CHANT III.

Jours cours : crimes victimes : bras attentats
Furie patrie : horreur cœur : culture nature
Vois rois : maximes crimes : jours cours
Sévère colère : épouvanter imiter : effrayante présente
Élancé versé : invisible terrible : moissonné entraîné
France espérance : trépas pas : carnage héritage
Choix Valois : princes provinces : fameux dangereux
Justifie vie : lui appui : légère ordinaire
Retour cour : courage partage : soldat combat

Indolence inconstance : renfermés opprimés : funestes restes
Soupirs plaisirs : avides subsides : inconstant éclatant
Père plaire : cœurs vainqueurs : séduire empire
Trompeurs profondeurs : populaire misère : rigoureux heureux
Indigence présence : haïssait offensait : artifices vices
Rien citoyen : puissance inconstance : ouvertement fondement
Funeste reste : grands tyrans : monarques marques
Effroi roi : ivresse presse : appesantis éblouis
Tempête tête : réveil sommeil : délices précipices
Périr secourir : France défense : appui lui
Nuire détruire : priver sauver : ordinaire mystère
Echauffé étouffé : pères étrangères : Dieu lieu
Exemples temples : criminels autels : portée épouvantée
Roi moi : murmure injure : soumis ennemis
Terre guerre : ménager venger : alarmées armées
Moi roi : courage passage : parts hasards
Joyeuse malheureuse : superflus refus : princesse intéresse
Coutras trépas : apprendre entendre : flatteur rougeur
Gloire histoire : Valois lois : insigne indigne
Jours cours : accoutumée renommée : cour amour
Courage avantage : sort mort : tendresses maîtresses
Diamans ornemens : expérience imprudence : nombreux impétueux
Vue étendue : soldats combats : blessures parures
Eux poudreux : tempête tête : renversés dispersés
Epée trempée : courtisans ans : honorables inébranlables
Trépas pas : caractère ordinaire : hasards Mars
Affreux joyeux : soldats trépas : éclore aurore
Temps vents : victoire mémoire : succès français
Charmes larmes : approfondir sortir : disgrace audace
Douleurs malheurs : heureuse Joyeuse : surpris Paris
Tutélaire adversaire : abattu vaincu : courage outrage
Fierté autorité : crainte éteinte : mutiner regner
Alarmes armes : formés enfermés : orage rage
Efforts corps : furie vie : accabler trembler
Poursuite fuite : projet sujet : craindre enfreindre
Affermi demi : précipice supplice : révolté témérité
Ibères frères : temps descendans : suprême diadème
Gémissans tyrans : vengeance France : Etats pas
Stérile inutile : commun un : arrogance présence

Projets sujets : vendue absolue : épargner regner
Déplaire colère : irrité fermeté : venue vue
Percé abaissé : peut-être maître : tout-puissant éclatant
Suprême de même : Paris cris : éperdues statues
Danger venger : frère colère : ressentiment embrâsement
Alarmes armes : desseins mains : chère frère
Aujourd'hui lui : héroïque politique : différens tyrans
Usage avantage : yeux dangereux : puissance prudence
Présomptueux orgueilleux : terrible invincible : combats bras
Politique catholique : soutien mien : querelle criminelle
Maux flambeaux : père sanguinaire : surpris Paris
Défense puissance : trompé occupé : colère beau-frère
Loi roi : ôtage courage : Paris esprits
Ame flamme : vertu abattu : contraire nécessaire
Discours secours : rebelle rappelle : pas combats
Vaillance prudence : destin main : arrête apprête
Héros flots : suivre livre : courir secourir
Guerre Angleterre : coups vous : grand homme Rome
Liberté fierté : tyrannique politique : fers univers
Poussière fière : rois lois : diadême même
Trompeur oppresseur : brigues intrigues : braver élever
Orages naufrages : teint craint : entreprise soumise
Faveurs vainqueurs : absoudre foudre.

CHANT IV.

SECRETS intérêts : profonde monde : sanglans vents
Inquiétude incertitude : appui lui : s'enhardirent sortirent
Brissac Canillac : intrépides rapides : repentir partir
Maître paroître : tour-à-tour cour : solitaire haire
Pleurs fureurs : éplorée consacrée : valeur horreur
Fatale Aumale : héros repos : accompagne campagne
Bruit nuit : guerre terre : Athos flots
Etendues nues : oiseaux troupeaux : sanglantes vivantes
Enivré pénétré : alarmes armes : déborder inonder
Paraître maître : Paris surpris : extrême même
Attendiez fuyez : parole Capitole : Sabins Romains

Rallient s'écrient : yeux eux : tempête tête
Destins mains : s'empressent disparoissent : luit nuit
Rives fugitives : combats pas : renverse disperse
Entraîné couronné : fondues nues : assiégeans long-temps
Dégage carnage : étonné environné : fatale Aumale
Jours secours : accable impénétrable : horreur peur
Inexorable secourable : sort mort : crimes victimes
Paris sentis : salutaire plaire : vigueur cœur
Cruelle mortelle : bras trépas : avantage courage
Prix surpris : batailles murailles : appui lui
Alarmes charmes : vœux eux : cohortes portes
Pressant gémissant : père frère : avenir réunir
Rendre défendre : légèreté témérité : éperdue irrésolue
Héros mots : France vengeance : lois voix
Volage courage : mains desseins : proie joie
Éclair l'air : alarmes charmes : aridité infecté
Languissent pâlissent : piés effrayés : fécondes ondes
Cruels mortels : guerre terre : autrefois rois
Terrible paisible : vainqueurs cœurs : armes alarmes
Mars Césars : tranquille Émile : pouvoir encensoir
Naissante triomphante : vérité simplicité : imitèrent abaissèrent
Revêtu vertu : désire martyre : mœurs grandeurs
Profanée abandonnée : empoisonnement fondement : sanctuaire adultère
Odieux faux-dieux : maximes crimes : droits rois
Diadême elle-même : humains Romains : Rome grand homme
Redouté compté : artifices vices : obtenir parvenir
Despotique politique : ambition séduction : fertile tranquille
Repos pavots : abuse confuse : discours secours
Impostures injures : yeux mystérieux : caresse tristesse
Bienheureux vœux : soumise Eglise : humiliés piés
Guerres tonnerres : trépas Etats : France lance
Horreur erreur : visage image : servir punir
Tonnerre terre : fers airs : mondaines humaines
Univers déserts : profonde monde : tyrans grands
Partage outrage : attraits jamais : importune fortune
Amour jour : légitime magnanime : soupirs désirs
Impie ennemie : pleurs fureurs : injure impure
Humains desseins : politique antique : révérés sacrés
Modèles fidèles : vigueur erreur : cesse enchanteresse

Flatteurs grandeurs : vue vendue : enchanté vérité
Intimide décide : bruit s'enfuit : s'écrie châtie
Loi roi : chaîne inhumaine : odieux yeux
Église entreprise : François voix : austères volontaires
Traits intérêts : appelle étincelle : ennemis remis
Temples exemples : foi roi : sacrée honorée
Autel Israël : prospères frères : bras trépas
Encore adore : signal fatal : solemnelle elle
Furieux cieux : fanatiques publiques : soldats bras
Cilice milice : impétueux eux : entreprise autorise
Soumission religion : nécessaire vulgaire : applaudit rit
Envoie joie : peur fureur : Amphitrite irrite
Séditieux factieux : nouvelle elle : trépas pas
Bassesse noblesse : portés côtés : caprices complices
Eaux flots : profondes ondes : embrâsemens champs
Amolissent obscurcissent : sédition contagion : espérance balance
Équité sûreté : vénérable redoutable : appui lui
Confiance France : ambition rébellion : courage esclavage
S'armer réprimer : cohorte porte : gladiateur honneur
Assemblée réglée : lois rois : cabales vénales
Paix décrets : maîtres ancêtres : abusé brisé
Doute redoute : sénat État : vengeance silence
Brûlans ans : immobiles tranquilles : effroi moi
Guide intrépide : fers pervers : justice supplice
Souverains mains : France licence : Bayeul Longueuil
Destinées années : enchaîné mené : vengeance innocence
État sénat : lamentables coupables : bourreau tombeau
Crimes victimes : trépas pas : mémoire gloire
Mutins desseins : tranquille civile : malheureux entr'eux
Intestines ruines : dehors morts.

CHANT V.

Mortelles rebelles : parts remparts : prudence insolence
Discours secours : traces menaces : univers airs
Ordinaire nécessaire : côtés cités : épuisée aisée
Amitié allié : déterminée destinée : habitans temps
Mémoire histoire : vous tous : solitaires sévères
Mortels solemnels : profonde monde : ravir servir
Nécessaires chaires : flatteurs mœurs : brigues intrigues
Fatal mal : vie établie : emplois rois
Puissance France : enfin sein : âge sauvage
Dévotion rébellion : fatale infernale : autels criminels
Poussière prière : tyrans enfans : impures parjures
Éprouver élever : misère colère : hauteur exterminateur
Enflammée armée : expirans vents : catholiques cantiques
Airs enfers : sombres ombres : nom religion
Détruire déchire : Arnon Ammon : gémissantes fumantes
Inhumain main : impie Iphigénie : long-temps encens
Homicides Druïdes : païens chrétiens : soumise église
Fureurs persécuteurs : turbulente sanglante : feux malheureux
Prêtres ancêtres : déguisemens ornemens : éternelle nouvelle
Apprêts traits : paraître maître : trépas combats
Tête prête : autrefois Blois : abondance vengeance
Appareil sommeil : retraite inquiette : éclatant à l'instant
Fière prière : encens impuissans : offrandes demandes
Pays cris : vie Béthulie : imiter présenter
Différée consacrée : roi moi : vie perfidie
Effroi toi : église autorise : voix Valois
Vengeance France : sauvés arrivés : persécute chúte
Desseins mains : épée trempée : fatal infernal
Solitaire dépositaire : présent tout-puissant : guide parricide
Erreur bonheur : confiance innocence : baissés adressés
Austère haire : dessein chemin : conduisent instruisent
Sacrés révérés : France avance : transport mort
Pères frères : trépas pas : sincère caractère
Désirs martyrs : sommes grands hommes : éclairer ignorer

Artifice complice : séditieux furieux : homicide perfide
Effort sort : curieuse odieuse : surnaturel criminel
Imbécile servile : nouveautés impiétés : obscure impure
Flambeau tombeau : images outrages : autel Eternel
Rangées plongées : affreux hébreux : monde profonde
Superstitions nations : furie impie : sang flanc
Rage image : courroux coups : blasphême même
Univers enfers : sacrifice Pythonisse : cruel Samuel
Samarie impie : Athéïus Crassus : prononce réponse
Forcer exaucer : nature murmure : nuit fuit
Gloire victoire : serein main : tonnerre terre
Horreur terreur : épouvantable inévitable : jours secours
Victime crime : effroi roi : même diadème
Importans long-temps : mystère sévère : simplicité vérité
Paraître traître : genoux coups : langue harangue
Voix rois : bénisse justice : Villeroi foi
Zèle infidèle : cœurs ligueurs : sages ouvrages
Conduit instruit : lettre remettre : empressement changement
Justice service : bras coutelas : furie s'écrie
Assassin dédain : France récompense : appui lui
Martyre expire : illusion compassion : peut-être maître
Poison raison : dernière lumière : rangés partagés
Plaintes feintes : changement faiblement : intéressée passée
Clameurs pleurs : sensibles horribles : amitié pitié
Lui-même diadême : effort mort : victorieuses généreuses
Roi moi : orages naufrages : dû défendu
Environne donne : criminel autel : génie vie
Coups vous : barbare rare : mort sort
Proie joie : airs ouverts : têtes fêtes
Appui lui : affermie ennemie : dangereux eux
Politiques catholiques : dessein Calvin : fidelle zèle
Soldats pas : maître être : d'Aumonts Crillons
Terre guerre : lois voix : courage héritage
Rois droits : maîtres ancétres : mains Souverains
Apprête tête.

C H A N T   V I.

Nous coups : patrie tarie : droits lois
France puissance : décrets Capets : aveuglée assemblée
Assassinat Etat : imaginaire vulgaire : desseins saints
Etre maître : bruit conduit : furie Ibérie
Choix rois : publiques tyranniques : Seigneurs successeurs
France apparence : députés libertés : ordinaire étrangère
Honoré préparé : épouvantables coupables : épargner regner
Cabales infernales : yeux ambitieux : déclare tiare
Tribunal monacal : abhorre déshonore : entouré sacré
Déplorables impitoyables : inhumains humains : Ibérie patrie
Voix rois : puissance espérance : cœur honneur
Audience éloquence : infecté respecté : constance licence
Autorité impunité : s'empresse cesse : flots matelots
Ecumante obéissante : lois voix : suprême moi-même
Chérir choisir : insigne indigne : soudain souverain
Visage courage : vous nous : maître naître
Occuper usurper : prétendre cendre : vengé changé
Colère frère : deux vertueux : publique hérétique
Émportés arrêtez : rage hommage : sermens fondemens
Instruire empire : vertus abus : sommes hommes
Gouverner pardonner : être maître : citoyens chrétiens
Plâtre idolâtre : échaffauds bourreaux : autres vôtres
Jaloux vous : répondre confondre : irrité vérité,
Pensées élancées : confus perdus : poussière lumière
Horreur avant-coureur : terre tonnerre : airs univers
Armée affamée : cris Paris : salutaires ordinaires
Brillans vivans : désolées mausolées : sort mort
Sombre ombre : ennemis soumis : prépare sépare
Remparts étendards : s'avance défense : orageux heureux
Crainte enceinte : grands temps : avenues nues
Entourés séparés : avance devance : parts remparts
Ouvrages orages : renversés dispersés : poudre foudre
Combats trépas : carnage rage : industrieux cieux
Effroyables abominables : enflammé renfermé : furie barbarie

Renfermer s'allumer : carnage courage : ouverts airs
Tonnerre terre : s'offrir courir : tempêtes têtes
Roi effroi : rapide intrépide : fureur horreur
Guerre nécessaire : conduit suit : terrible inaccessible
Efforts morts : s'avancent s'élancent : bouclier premier
Triomphantes flottantes : effroi roi : ranime crime
Parts regards : cruelle elle : mur sûr
Guerre terre : fureur horreur : rage passage
Effort mort : incertaine Lorraine : renversés terrassés
Orages rivages : rival fatal : carnage courage
Temps mouvemens : élite conduite : fois rois
Patrie vie : lieux aïeux : Aumale égale
Demi-dieux eux : assemble ensemble : bras combats
Querelle éternelle : rival égal : avantage passage
Plus éperdus : Pyrénées consternées : orageux impétueux
Impuissante épouvante : orgueilleux cieux : montagnes campagnes
Précipités emportés : rebelles criminelles : vengeur peur
Portes cohortes : main soudain : rage pillage
Impétueux yeux : emporte porte : feux orgueilleux
Nue vue : élémens vents : étincelles immortelles
Horreur vainqueur : pillage héritage : trésors morts
Tonnerre terre : ardeur cœur : gronde monde
Horreur douceur : révère père : toi foi
Aime lui-même : vainqueur valeur : envoie joie
Courroux genoux : pénétrée sacrée : embrassemens vents
Formidable innombrable : soldats trépas : tête tempête
Danger dégager : tranquille ville : foi roi
Lumière carrière : doux nous : retire inspire
Autrefois lois : aimable détestable : désespoir pouvoir
Têtes tempêtes : tour-à-tour amour : ombres sombres
Séjour jour.

CHANT VII.

INFINIE vie : bienfaisans habitans : indigence espérance
Corps ressorts : nature endure : désirs plaisirs
Euvoie joie : appui lui : appelle fidèle
Secrets frais : silence espérance : héros pavots
Diadème lui-même : fils remis : suffire empire
Roi toi : stérile fragile : s'enfuit détruit
Empire instruire : chemins destins : lumière carrière
Eclairs airs : embrassée Elisée : euvironné étonné
Immenses distances : allumé enflammé : lumière matière
Ans flottans : presse cesse : appui lui
Espace embrase : fin chemin : réside guide
Divers univers : replongées dégagées : piés créés
Ignore adore : clameurs erreurs : ignorance immense
Temps habitans : Bracmanes profanes : successeurs sectateurs
Coutrées hyperborées : forêts sujets : inquiète prophète
Péuitens tourmens : silence sentence : tout absout
Invisible terrible : éternels mortels : lui-même suprême
Yeux eux : maître connaître : tous nous
Nature pure : païens chrétiens : confondue vue
Entendit frémit : tonnerre terre : écouter répéter
Rendre comprendre : cœur erreur : volontaire éclaire
Précipité emporté : sauvage image : brillans bienfaisans
Haïe vie : confusion domination : épouvantables effroyables
Climats pas : abîme crime : ouverts enfers
Louche bouche : étincelans vivans : soupire admire
Abattus vertus : égarée entourée : douceur cœur
Maximes crimes : effrénés consternés : impie nourrie
Conduit nuit : immondes profondes : voi moi
Parricide perfide : cruels autels : loue désavoue
Lois rois : vie humilie : commis permis
Passagères mercénaires : dextérité vérité : supplices vices
Conquérans tyrans : embrase écrase : fainéans impuissans
Ministres sinistres : corrupteurs honneurs : enchères pères
Cœurs fleurs : paresse mollesse : confondus vertus

Faiblesse sagesse : pleurs horreurs : engloutie vie
Retour jour : mère sévère : ravir désobéir
Victimes crimes : humains mains : récompenses vengeances
Tyrans enfans : vengeresse faiblesse : ennui lui
Avance innocence : obscurité clarté : vue inconnue
Cœurs douceurs : empire inspire : sacré ignoré
Remplissent jouissent : ardeur langueur : âges sages
Clovis lys : adversaires frères : rois lois
Propice justice : cœurs pleurs : fidèle elle
Rang sang : mémoire gloire : fruits Louis
Vie furie : de Foix rois : amazone trône
Cieux yeux : chère mère : vérité quitté
Gémissante présente : remparts regards : insensible terrible
Mains humains : inexplicable irrévocable : désirs plaisirs
Fière prisonnière : briser tyranniser : attachée cachée
Choix loix : grace efficace : vainqueur cœur
Connaître maître : temps enfans : honteuses trompeuses
Roi toi : s'empresse cesse : séjour jour
Images âges : temps présens : naissance puissance
Sort mort : connaître naître : fils lys
Ibère père : lys assis : chaîne Romaine
Soldats pas : titre arbitre : immortels autels
Politique despotique : ennemi ami : orage courage
Déclarés admirés : industrie patrie : desseins humains
Abondance France : outrager venger : même blasphême
Genoux tous : France obéissance : animé aimé
Diverses traverses : effort mort : nature mesure
Arts regards : empire respire : lieux cieux
Lumière entière : s'enfuit conduit : harmonie Italie
Enchanteur cœur : conquêtes têtes : climats combats
Paraître maître : rival égal : assemblage sage
Main airain : guerre Angleterre : Villars Césars
Amène Eugène : majesté fierté : trône environne
Arrêter monter : juste auguste : humains mains
Vertueuse heureuse : paix bienfaits : alarmes larmes
Réunis fils : ruines racines : tombeau berceau
Espérance enfance : yeux précieux : connaître maître
Yeux eux : première lumière : abandonner couronner
Profondes ondes : ports trésors : victoire gloire

Terreur splendeur : calomnie génie : nouveautés voluptés
Habile tranquille : vigilans talens : maître être
Eclairs airs : guerrière altière : nouveau tombeau
Cachée retranchée : rois lois : proie joie
Mouvement événement : maître peut-être : fils unis
Politiques publiques : plus confus : fermèrent s'éclipsèrent
Vermeil soleil : sombres ombres : cœur ardeur
Crainte sainte : Israël Eternel : poussière lumière.

CHANT VIII.

Assemblée enflée : effroi roi : incertaine Mayenne
Honteux eux : diadème suprême : appui lui
Appelle querelle : Canillac Brissac : rage visage
Pas combats : blessures injures : ranger venger
Thessalie impie : cieux dieux : nue vue
Secourir mourir : paroles espagnoles : secours toujours
France avance : révérés consacrés : étincelantes éclatantes
Appareil soleil : joie envoie : obstiné infortuné
Vie patrie : droits rois : téméraire père
Pays Paris : Seine Mayenne : roi effroi
Trace audace : combat Etat : Eure nature
Trésors bords : civiles tranquilles : pauvreté avidité
Alarmes armes : lieux eux : alarmèrent cachèrent
Pas bras : charmes larmes : paix bienfaits
Aime vous-même : rangs vents : terre guerre
Guerriers lauriers : armes alarmes : impétueux vertueux
Crime estime : Bouillon nom : conservée élevée
Eux sourcilleux : altière étrangère : brillans diamans
Maîtresse tendresse : fois rois : Feuquière Lesdiguière
Fatal signal : visage présage : abattu vertu
Injustice propice : pressentimens événemens : faiblesse allégresse
Soldats pas : confiance imprudence : valeur lenteur
Pâturage courage : orgueilleux belliqueux : superbe herbe
Fureur cœur : gloire victoire : orgueil cercueil
Avance présence : roi moi : tempête tête
Honneur vainqueur : enflammées armées : temps combattans

Alcide rapide : mers airs : gronde monde
Coutelas trépas : terre guerre : enfer fer
Courage rage : sang rang : contraire frère
Affreux malheureux : hérissées renversées : chemin serein
Génie Phrygie : éternels mortels : terribles impassibles
Eclairs univers : rapides intrépides : destin soudain
Impatiente obéissante : corps ressorts : escorte porte
Mains humains : occupée épée : combats pas
Indomptée épouvantée : trépas combats : cruelle nouvelle
Menaçans ans : meurtrière carrière : appas bras
Charmes alarmes : ciel mortel : tremblante pesante
Précieux yeux : guerrière poussière : mourans flancs
Colorée assurée : main soudain : rompues nues
Flancs vents : réjaillissent frémissent : effort mort
Cimeterre guerre : côtés précipités : courage passage
Pas éclats : étincelle cruelle : effort mort
Résistance vaillance : malheureux généreux : lumière poussière
Cris fils : larmes armes : fureur horreur
Victoire gloire : déserts univers : monde onde
Attendris fils : amante tremblante : bords morts
Eperdue vue : interrompus entendus : encore adore
Sanglant embrassant : déplorable lamentable : affreux neveux
Salutaires pères : dispersés renversés : courage passage
Courroux vous : Guise église : vertu vaincu
Fosseuse Joyeuse : épars regards : rapide intrépide
Torrent expirant : Feuquière poussière : périr mourir
Belle immortelle : danger engager : sévère plaire
Orgueil coup-d'œil : flammes ames : ingrats pas
Guide rapide : mort effort : vie plie
Soldats trépas : fidèle cruelle : fureurs ligueurs
Fatale infernale : excité emporté : s'élance s'avance
Pas combats : carnage rage : furieux belliqueux
Retentissent unissent : sort mort : terrible invincible
Airs mers : carnage rivage : rois voix
Fidelle elle : coups courroux : courage carnage
Cercueil orgueil : gloire victoire : éclair air
Tonnerre terre : appui lui : gloire victoire
Flanc sang : trouble redouble : honneur valeur
Irrite précipite : soudain sein : foulèrent s'enveloppèrent

Morts remords : fière guerrière : peur terreur
Alarmée armée : éperdus plus : renversent dispersent
Offerts fers : poursuite fuite : précipiter éviter
Course source : effroi soi : cruelle elle
Yeux cieux : Mayenne vaine : honneur malheur
Funeste reste : Paris débris : courage rage
Exécuter dompter : terrible horrible : rugissant obéissant
Prompte honte : côtés bontés : s'entr'ouvrirent descendirent
Firmament moment : victoire gloire : courroux coups
Présence silence : terreur malheur : grace audace
Désormais sujets : maître être : roi moi
Gloire victoire : éperdus vaincus : haine enchaîne
Soldats pas : carnage courage : sang rang
Tonnerre terre : ensanglanté sérénité : ravie vie
Besoins soins : messagère légère : mers univers
Oreilles merveilles : curiosité crédulité : gloire victoire
Porté épouvanté : allégresse tristesse : ligueurs trompeurs
Retentirent couvrirent : esprits Paris : retraite défaite
Rassurer réparer : zèle cruelle : imposteurs cœurs
Rage ouvrage : malheureux feux : puissance France
Affaiblir amollir : suprême lui-même : aujourd'hui lui
Seine haine : jour amour.

CHANT IX.

Idalie Asie : temps fondemens : architecture nature
Verts hivers : éclore Flore : moissons saisons
Profonde monde : humains sèreins : abondance innocence
Enchanteurs langueurs : maîtresses faiblesses : fleurs faveurs
Séduire instruire : serein main : demi-nues ingénues
Gazons chansons : silence complaisance : désirs plaisirs
Entrée sacrée : audacieux yeux : tendre entendre
Peur horreur : livide guide : venin main
Perfide homicide : fureurs pleurs : affreuse malheureuse
Eternel cruel : terre guerre : douceurs cœurs
Conquêtes têtes : bienfaits faits : rage passage
Allumés enflâmés : terribles invincibles : tison poison

Nature injure : serpens triomphans : tranquille civile
Côtés écartés : poudre foudre : pardonner enchaîner
Course source : abattu vertu : fatale Omphale
Fers univers : onde monde : guerriers lauriers
Altière guerrière : soutien mien : tremblante effrayante
Fleurs fureurs : dorées azurées : plaisirs zéphirs
Joie Troie : renommés consumés : onde monde
Destin sein : Sicile Virgile : nouveaux eaux
Aréthuse Vaucluse : jours amours : Eure structure
Enlacés tracés : graces traces : enfin dessein
Guerre tonnerre : guérêts forêts : inhumaine chaîne
Calmés armés : orages nuages : airs éclairs
Fidèles aîles : jour amour : humide guide
Flambeau nouveau : sombres ombres : troublés exhalés
Passagère éclaire : climats pas : solitaire père
Hasards étendards : nature mesure : Eurotas Ménélas
Paraître maître : Cydnus Vénus : redoutable inévitable
Généreux vœux : nouvelle naturelle : sein serein
Surprendre rendre : carquois voix : prochaine Mayenne
Mots héros : nouvelle belle : appas pas
Parure nature : vents naissans : inexprimable aimable
Austérité beauté : enfantine divine : désirs plaisirs
Possible invincible : sein soudain : feuillage ombrage
Arrêter quitter : enchanteresse ivresse : devoir pouvoir
Soupirent respirent : champs chants : aurore éclore
Soupirs désirs : retraites imparfaites : troupeaux fuseaux
D'Estrée attirée : jour amour : immortelle rappelle
Lui appui : enivrée d'Estrée : étonnés consternés
Croire gloire : abattus vaincus : France absence
Louis fils : hémisphère terre : révérés consacrés
Licence insolence : divin Calvin : instruire conduire
Païens chrétiens : austère plaire : discours amours
Délices précipices : infecté pureté : fortunée étonnée
Clairs mers : sagesse mollesse : humains destins
Victoire gloire : courts jours : colère sévère
Vengeur cœur : charmes armes : yeux lieux
Claire mystère : appas bras : charmes larmes
Amans saisissemens : inspire décrire : repos héros
Trempée épée : mains humains : faiblesse allégresse

Instans serpens : sommeille réveille : languit rougit
Présence silence : baissez assez : tristesse faiblesse
Témoin soin : colère plaire : toi moi
Ravie ignominie : mutiné enchaîné : victoire gloire
Terreur erreur : maître paraître : défenseur cœur
Lustre illustre : lieux adieux : adore encore
Attiré désespéré : évanouie vie : couverts airs
Eternelle belle : yeux feux : amante mourante
Vain soudain : elle rappelle : douceur auteur
Inflexible sensible : chemin main : surmonte honte.

CHANT X.

Mollesse faiblesse : préparé enivré : arrête conquête
Etendards remparts : foudre résoudre : courroux coups
Joie proie : troublés rassemblés : timide intrépide
Cacher marcher : heureuse impétueuse : vertu vaincu
Batailles murailles : Mars remparts : silence imprudence
Confus refus : suivre survivre : offrir mourir
Porte escorte : combats pas : gloire victoire
Paraissez poussés : courage avantage : valeur honneur
France insolence : toi roi : épée trompée
Genoux vous : s'élance impatience : parût accourut
Rangèrent attachèrent : défenseur valeur : nuage orage
Entr'ouverts enfers : farouche louche : fureurs ligueurs
S'arrêtent s'apprêtent : ouverts airs : lumière carrière
Eclairé entouré : sacrée désirée : vengeur exterminateur
Dévorante insolente : désarmés inanimés : invincible inflexible
Humains Philistins : apportée présentée : cieux yeux
Carrière barrière : bouclier acier : honorable impénétrable
Rend grand : défense avance : roi moi
Protectrice justice : bras combats : suprême nous-même
Vainqueur valeur : arrogance assurance : deux dangereux
Adresse souplesse : éclatant à l'instant : précipite évite
Saisir plaisir : craindre atteindre : détourné étonné
Eclatante transparente : divers airs : croire victoire
Furieux impétueux : colère adversaire : vigueur valeur

Faiblesse presse : flanc sang : frémirent entendirent
Renversé passé : lamentable sable : en vain main
Bouche farouche : mourant soupirant : Mayenne prochaine
Esprits Paris : Aumale fatale : égaré défiguré
Entr'ouverte couverte : horreurs pleurs : crainte plainte
Horreur terreur : s'élevèrent s'assemblèrent : Louis fils
Terrible invisible : airs mers : ruines divines
Ardeur fureur : patrie furie : épargner gagner
Audace grace : investir repentir : alarmes armes
Inanimé accoutumé : indigence clémence : céder hasarder
Vengeresse faiblesse : valeur vainqueur : oisive captive
Séjour d'alentour : cruelle elle : affreux malheureux
Affaiblie vie : efforts trésors : fêtes têtes
Goûtés vantés : mollesse paresse : voluptueux yeux
Opulence abondance : jours secours : entière poussière
Momens alimens : nature nourriture : poudreux eux
Misères pères : trépas repas : fanatiques publiques
Paternels autels : souffrance constance : yeux cieux
Prophétique hérétique : nombreux eux : stériles faciles
Effrayés piés : vie remplie : sein faim
Belgiques Helvétiques : métier payer : cohortes portes
Morts trésors : adultère mère : consumant sentiment
Heureuse affreuse : horreur fureur : mémoire histoire
Inhumains mains : cruelle elle : coutelas bras
Charmes larmes : effrayé pitié : défaillante tremblante
Fécondité porté : vie ravie : Paris débris
Misère mère : tombeau nouveau : égarée désespérée
Acier foyer : impitoyable effroyable : soldats pas
Joie proie : fureur terreur : présente dégouttante
Inhumains mains : pâture nature : tous vous
Prononce enfonce : agités épouvantés : funeste céleste
Sort mort : coururent émurent : pleurs cœurs
Ose cause : mains mutins : crimes victimes
Grands tyrans : misère père : enfans dévorans
Moi-même diadême : prix ennemis : empire lire
Généreux eux : armée affamée : paix bienfaits
Obéissent remplissent : lents tremblans : sombres ombres
Torrens errans : extrême lui-même : défenseurs persécuteurs
Incroyables formidables : sort mort : envie vie

Cruels mortels : rage image : rois lois
Offense puissance : sauvés conservés : langage volage
Discours toujours : éloquence France : abattu vertu
Séduire martyre : aujourd'hui lui : couronne pardonne
Réunir punir : hérétique fanatique : rois voix
Furie vie : odieux cieux : divine origine
Accomplis fils : alarmes larmes : paternel Eternel
Durable inébranlable : divers univers : intelligence essence
Paix jamais : lui-même suprême : séraphins destins
Face race : erreur hauteur : asservie Italie
Ottomans tyrans : Providence insolence : humains mains
Présente gémissante : quelquefois rois : rebelle fidèle
Désobéit trahit : guerre terre : cœur erreur
Ouvrage hommage : ignoré adoré : connaître maître
Projets sujets : justice sacrifice : pénétrer assurer
Ebranlèrent tremblèrent : appui lui : attendue inconnue
Cieux yeux : couvrent entr'ouvrent : satisfaits jamais
Elle immortelle : religion raison : combattue étendue
Lieu Dieu : renaissante vivante : éperdus plus
S'abandonne s'étonne : souhaits paix : aime lui-même
Voix rois : armes larmes : épouvantés écartés
Salutaire père : fortuné terminé : désarmée aimée
Nuit réduit : provinces princes.